MARIA GAY

BERNARD PALISSY

POÉME

Extrait des Plébéïennes, volume en préparation

SAINTES

A. Gay & Cie, Imprimeurs-Editeurs

1875

MARIA GAY

BERNARD PALISSY

POËME

Extrait des Plébéiennes, volume en préparation

SAINTES

A. GAY & Cie, IMPRIMEURS-EDITEURS

Tous droits réservés

1875

BERNARD PALISSY

I

En ce siècle appelé du nom de Renaissance,
Époque merveilleuse, où notre belle France
Revivait à l'amour des lettres et des arts ;
Quand le culte du Beau passionnait les âmes,
L'artisan, humble outil, loin des magiques flammes,
A sa glèbe attaché végétait sans égards.

Il était de la classe ignoble et destinée
A lutter, à souffrir, tout aussitôt que née ;
Machine douloureuse ayant pour mission
De produire sans trève et toujours de produire ;
Aux maîtres seuls le droit de vivre, de s'instruire.
Travail signifiait : misère, abjection !

Et le peuple naissait et mourait dans sa fange,
Condamné, croyait-on, par un travers étrange,
Au déplorable état que nul n'adoucissait.
L'oisiveté des grands était noble, princière ;
Le travail demeurait la honte roturière ;
Dans son antre assombri nul rayon ne glissait,

Nouveau Tantale auprès de la coupe d'ivresse,
Il ne récoltait rien que douleur et détresse
Lui qui porte l'aisance au sein des nations !
Lui dont les serviteurs, fous s'ils n'étaient sublimes,
Honnis et bafoués, sont martyrs ou victimes
D'un culte fait d'obstacle et d'abnégations !

— O travail méconnu ! levier plein de puissance !
Antagoniste né de l'humaine ignorance !
Glorification de l'homme de labeur !
Raison, amour, patrie, humanité, justice,
Toute idée est féconde et régénératrice
Qui prend sa source en toi, principe et pur moteur !

Qui doit le révéler à la nature humaine,
Pour que le malheureux, qui s'agite et se traîne,

Suive tes durs sentiers sans se lasser de toi ?
Pour que l'humble ouvrier, en proie à la misère,
Estime le métier plus haut que le salaire,
Et s'honore de vivre en mourant sous ta loi ?

A nous de proclamer ta juste prescience !
Marcheur infatigable et qui de la science,
O travail ! as été le premier bégaiement.
A nous d'encourager l'artisan, de lui dire :
« Garde, garde en ta main l'outil qui la déchire,
» L'outil du travailleur est un noble instrument !

» C'est aux constants efforts qu'appartient la victoire !
» Sois fier de ton métier, premier pas vers la gloire !
» Si tu portes en toi l'amour des saints combats.
» Le travail ennoblit la plus vile matière...
» Regarde Palissy, l'humble potier de terre,
» Qui d'obscur devint grand sur les grands d'ici-bas !

» Jamais tu n'apprendras mieux qu'en voyant cet homme
» Comme on s'immortalise en travaillant, et comme
» Toute condition possède sa grandeur !

» Véritable grandeur d'autant plus noble et pure

» Qu'elle est moins dans le nom et plus dans la nature.

» Qu'elle est conquise au prix d'un incessant labeur! »

II

L'esprit est libre et fier : la matière servile.

Palissy, jeune encore, en pétrissant l'argile

Destinée à former la brique cuite au four,

Dans l'humble tuilerie où travaille son père,

Pensif en façonnant cette glaise grossière,

Rêve de lui donner un plus noble contour.

L'art qu'il a pressenti, qu'en secret il contemple

A travers les vitraux coloriés du temple,

A son âme ravie un jour s'est révélé.

La terre qu'il pétrit lui paraît de la boue;

Il comprend qu'en ce verre où le soleil se joue

A des corps plus subtils l'esprit est mieux mêlé,

Et que, sous l'action d'un foyer plus intense,
Il a pu contracter sa molle transparence
Et sortir éclatant des mains de l'ouvrier.
C'est un pas vers cet art qui l'attire et l'appelle ;
Quittant sa tuilerie et son humble truelle,
Le jeune homme devient artiste verrier.

C'est alors qu'on le voit prenant sur son salaire,
Prenant sur son sommeil, s'appliquer et se plaire
A l'étude pénible ; il travaille, il apprend.
Ignorant parmi ceux de sa race en détresse,
Pour atteindre son but, il luttera sans cesse...
Fils de lui-même, un jour comme il doit être grand !

Ses mains et son esprit acquièrent même somme ;
Palissy se faisant artiste s'est fait homme ;
Il pressent l'infini par delà le réel,
Car tel est ici-bas l'attribut du génie
De mêler à la fois l'idée et l'harmonie,
D'aspirer vers le beau, le Dieu, l'universel.

Dessin, géométrie et calcul et peinture,
La main qui doit plus tard imiter la nature

Sait déjà se ployer aux délicats travaux ;
Et son esprit ardent en même temps se forme ;
Philosophe, penseur, poète, il se transforme ;
Bientôt il rêvera ses merveilleux émaux.

Oui, l'infini dans l'art, c'est Dieu dans la nature !
Palissy les adore à cette source pure,
Dans l'herbe, dans la plante et l'insecte des eaux ;
Bientôt, obéissant à l'esprit qui l'entraîne,
Il va de ville en ville, erre de plaine en plaine ;
Son âme se dilate aux horizons nouveaux.

Les Alpes ont fixé sa course vagabonde ;
Sur les hardis sommets, dans la gorge profonde,
Grâce, force et grandeur de la création,
Epiant les secrets de Dieu, suprême artiste,
Bernard, à son insu, devient naturaliste ;
Il assimile tout à sa profession.

Dans les joncs, il surprend le tortueux reptile,
L'insecte qu'il fera revivre sur l'argile ;
Il scrute, infatigable, et les monts et les bois,
Pour former le trésor qu'il amasse en ses courses,

Interrogeant les rocs, les sables et les sources,
Il observe, étudie et compose à la fois.

Mais l'esprit satisfait, bientôt il vient une heure
Où l'homme fatigué souhaite une demeure,
Une épouse au foyer, doux repos du labeur !
Palissy se souvient... au fond de sa pensée,
Une image charmante à son tour s'est dressée...
Pour un temps las d'étude, il a soif de bonheur.

III

Ce fut dans nos vallons, aux bords de la Charente,
Que Bernard Palissy voulut dresser sa tente,
Et nous l'y retrouvons époux, père, homme heureux,
Après les ans trop courts d'une paix sans nuage,
Et travaillant alors au métier d'arpentage,
Pour nourrir ses enfants qui survenaient nombreux.

Le bonheur aisément fait oublier la gloire.

Bernard s'oubliait : l'art lui revint en mémoire

A l'aspect d'un tesson de faïence émaillé.

Pensif, il se remet à son métier de terre,

Pilant le dur caillou, pulvérisant la pierre,

Qu'il arrache du sol incessamment fouillé.

Muni des éléments qu'il compare et mélange,

Il étudie, essaie et renouvelle et change

Les produits imparfaits de ses vastes travaux.

C'est l'heure de lutter rudement et sans trêve.

Pour fondre cet émail qui scintille en son rêve ;

Brique à brique il bâtit ses modestes fourneaux.

La science est l'outil de tout esprit vulgaire ;

Au chercheur qui gravit son douloureux calvaire,

Faute d'instruction, elle manque souvent ;

Mais qu'importe au génie ! il s'en passe ou l'invente,

Et la saisit enfin et la fait sa servante,

La plie à son usage en son effort puissant.

Comme une algue à Colomb révèle un nouveau monde,

Le fragment égaré qu'il interroge et sonde,

Pousse Bernard au but à travers mille maux ;
Ignorant les secrets, sans appui, sans modèle,
Sans guide pour aider sa recherche nouvelle,
Il réussit pourtant à former ses émaux !

Et nul n'eut deviné les transes et les veilles
Que devaient lui coûter les naïves merveilles
Qu'à nos yeux étonnés retracent ses produits.
Dans les récits poignants que chacun devrait lire,
Mieux qu'aucun écrivain, lui seul a pu décrire
Le labeur de ses jours, l'angoisse de ses nuits.

Seul dans l'obscurité, quand soufflait la rafale,
Sur ses fourneaux courbé, haletant, maigre et pâle,
Que de fois il perdit le fruit de ses labeurs !
Puis chassé par les vents, la pluie et la tempête,
Aux angles des vieux murs heurtant sa noble tête,
Il retrouvait chez lui de nouvelles douleurs !

L'idéal, le réel ou l'art, et la matière,
Tel est l'antagonisme : En son ardeur première,
Comme il était vaillant ! mais après tant d'efforts,
Au foyer désolé trouvant l'épouse morne,
Les enfants affamés, un désespoir sans borne
Dans son cœur accablé ressemblait au remords.

Mais l'esprit lutte encore quand le besoin nous lie ;
En vain découragé, plein de mélancolie,
Bernard renonce au but si longtemps envié.
Possédé de génie et d'âme consciente,
Plus fort il se relève après chaque tourmente ;
L'espoir nouveau sourit : le mal est oublié ?

A demi consolé, son grand cœur plus à l'aise,
L'artisan revenait alors à sa fournaise,
Recommençait l'essai peut-être plus heureux,
Dans chaque erreur il puise une clarté nouvelle,
C'est un progrès de plus qu'un faux pas lui révèle ;
Tant d'efforts devaient être enfin victorieux.

IV

L'art, pour être saisi dans sa magique essence,
Veut la lutte, l'effort, la longue patience
De l'homme qui perçoit son mobile horizon.
Tel sublime aux appels de son ardent génie,
Fort devant la douleur, fier devant l'ironie,
Bernard brûle les ais, les lits de sa maison ;

Tel l'esprit de l'artiste en lui dominant l'homme
Et voulant l'art pour l'art, mais non pas pour la somme,
Calme, il brise aux regards d'envieux détracteurs
Les essais imparfaits qui ne peuvent lui plaire
Mais dont il eût pourtant tiré quelque salaire
S'il n'estimait plus haut sa gloire et ses labeurs.

Tous le traitent de fou : mais l'art à son disciple
Se révélait alors sous son aspect multiple;
L'artiste méconnu soudain s'est relevé ;
Il a lutté vingt ans! Qu'importe? la victoire
A couronné son front d'une immortelle gloire.
Triomphant il peut dire : *Euréka !* J'ai trouvé!

Et l'émail apparaît pur, brillant et limpide ;
Et ses plats onduleux sous une mousse humide,
Par un attrait charmant retiennent les regards ;
Le poisson en fuyant semble ouvrir un sillage
Sur les bords de la coupe où dort le coquillage,
Et la grenouille verte et les jeunes lézards.

Car Palissy n'est plus l'humble broyeur de pierre
Poète et créateur de l'inerte matière

Qui s'épure et palpite en sortant de ses mains,
L'art répond aux besoins de sa tendresse immense;
Il a conquis aux siens la nouvelle existence
Pleine de jours heureux et d'heureux lendemains.

Aujourd'hui, les puissants se disputent ses œuvres ;
Ses limaçons baveux, ses rampantes couleuvres
Ornent tous les dressoirs. Par les rois appelé,
Des honneurs, sans orgueil, il a gravi le faîte ;
Sa mission pourtant lui paraît imparfaite;
Dans l'ouvrier heureux l'homme s'est révélé.

Il renaît écrivain, philosophe, poète ;
Aux observations d'autrefois qu'il complète,
S'unit l'expérience ; et d'un style enchanteur,
En ses écrits naïfs il nous fait la peinture
Des beautés qu'il découvre au sein de la nature,
Dont il est demeuré l'ardent adorateur.

En décrivant son art, il dévoile son âme ;
Son style est éclairé d'une étonnante flamme
De grandeur et d'amour et de naïveté;
On y sent bouillonner la sève jaillissante

D'une langue inconnue, imagée et touchante,
Qui prend sa source au cœur, non dans l'antiquité.

Il étend ses travaux d'histoire naturelle ;
Son esprit organique et puissant se révèle ;
Procédant par le fait, non par l'induction,
Il détrône à jamais le rêveur scolastique ;
Il fonde deux grandeurs en France : art céramique,
Et science d'étude et d'observation.

V

Ce n'était pas assez pour cet homme sublime ;
Son âme infatigable à la plus haute cime
En montant trouve Dieu principe et vérité !
A son art? Il donna sa maison, sa jeunesse !
A sa foi? Ce bonheur des jours de sa vieillesse,
Il donnera sa vie avec sa liberté !

En défense, il s'oppose à l'attaque civile ;
Quand le sang protestant inonde chaque ville,
Bernard le réformé doit y mêler le sien.
En ces temps sur lesquels pleure encore l'histoire
Le travail et l'honneur, le génie et la gloire
Pouvaient-ils protéger un pauvre homme de bien ?

On massacrait alors au nom de l'Evangile !
Aux victimes bientôt sa vertu l'assimile ;
Dans un étroit cachot on jette le martyr,
Et quand, ému, le roi, pour prix d'une bassesse,
Offre de libérer le grand homme qu'il presse,
Fier et calme il répond : « Sire, je sais mourir ! »

Salut, ô Palissy ! sublime patriarche,
Pur et vaillant lutteur, vrai gardien de l'arche,
Du travail qui milite au sein de l'atelier !
Emblême de courage et de persévérance,
Tu restes le patron du génie en souffrance,
De l'art victorieux et de l'ingrat métier.

Ta vie est bien penser, et bien faire, et bien dire !
Elle est un livre ouvert que nos fils doivent lire,

Où chaque mot renferme un grave enseignement.
Au travail ennobli ton aspect dit : Victoire !
Et pour que l'ouvrier grandisse à ta mémoire
Ton pays, ô Bernard ! t'élève un monument !... (1)

____

(1) Statue de Bernard Palissy, inaugurée à Saintes le 2 août 1868.

SAINTES. — IMPRIMERIE A. GAY ET C*, COURS NATIONAL, 63,
& 1, Rue Delaage.

www.ingramcontent.com/pod-product-compliance
Lightning Source LLC
Chambersburg PA
CBHW061635050726
47595CB00007B/3213